NOUVEL
ALPHABET MORAL

CONTENANT

L'HISTOIRE DES VACANCES

Du Petit Jules.

I

LE PETIT JULES.

Quel est ce petit garçon qui dépose des livres et des couronnes aux pieds de son papa et de sa maman ? — Il se nomme Jules, et, quoique bien jeune encore, il a remporté plusieurs prix dans la pension où il est externe : celui de lecture, celui d'écriture et celui de

3

1860

sagesse. C'est le résultat de son application. Quand il est en classe, il ne cause pas avec ses camarades et ne regarde ni à droite ni à gauche ; il écoute avec la plus grande attention ce que ses maîtres lui disent ; puis, de retour à la maison, il prie M. Aubert, un ami de son papa, de lui faire réciter ses leçons.

— Cet enfant aime donc bien l'étude ? — Non, pas précisément ; car il est très-vif, et il préférerait jouer et courir toute la journée que de rester sans remuer sur un banc, occupé à apprendre des leçons qu'il ne comprend pas toujours, et qui ne l'amusent pas beaucoup. Mais, comme il a du jugement et un bon cœur, il a dit en lui-même : « Si je ne fais pas bien mes devoirs, je serai obligé de les recommencer et je jouerai bien moins encore ; et puis à la fin de l'année je n'aurai pas de prix, et cela ne fera pas plaisir à ma chère maman, qui est si bonne pour moi : et mon papa me dira d'un ton sévère : Monsieur Jules, je ne suis pas content de vous. Oh! j'aime bien mieux me donner un peu de peine que de m'attirer tous ces chagrins-là. »

Quand l'époque des vacances arriva, Jules fut bien content d'avoir été aussi raisonnable, car madame de Bressieux lui dit : « Mon fils, puisque tu as si bien travaillé, je vais t'emmener passer un mois chez ton grand-papa, où tu pourras courir et jouer tout à son aise avec le petit Baptiste, le fils du fermier, qui est aussi un enfant bien laborieux et bien soumis à ses parents.

— Est-ce que je n'étudierai pas du tout pendant les vacances?

— Cela dépendra de toi, mon ami : je te laisse entièrement libre à cet égard, pour te récompenser de ta bonne conduite; va serrer tes livres et tes cahiers et n'emporte que ce que tu voudras. »

Jules embrassa sa mère, et il se disposait à prier M. Aubert de lui donner un conseil au sujet de cet entretien, lorsqu'il vit accourir à lui son petit voisin Édouard, qui ne lui ressemblait guère, comme nous allons le voir dans le chapitre suivant.

II

L'ENFANT MAL ÉLEVÉ.

Oh ! quel bonheur ! quel bonheur ! dit Édouard en entrant dans la salle d'étude de Jules ; quel bonheur ! me voilà en vacances ! Je ne lirai plus, je n'écrirai plus, je ne répéterai plus de leçons !

— Ni moi non plus, répondit Jules.

— Oui, mais si j'étais à ta place, quand M.

Aubert voudrait me gronder ou me sermonner, je lui dirais : « Monsieur, je suis votre très-humble serviteur ; les vacances sont commencées, et je puis faire tout ce que je veux. »

— Je n'oserais pas, répondit encore Jules ; et puis d'ailleurs est-ce qu'il est permis de mal faire parce qu'on est en vacances ?

— Bah ! tu es un petit sot !..... il est si ennuyeux ton M. Aubert !

— Il est un peu sévère, mais quand je fais bien il ne me gronde pas ; et puis maman m'a tant recommandé de lui obéir, que je craindrais de lui faire de la peine...

— Oh ! bien moi, je suis plus heureux que toi : maman ne me contrarie jamais, et si quelqu'un s'en avisait je ferais un beau tapage.

Jules écoutait tout cela d'un air étonné, et Édouard, charmé de l'effet qu'il produisait, continua sur le même ton : « Eh bien ! laissons là ton M. Aubert, puisque tu n'oses pas le regarder en face.... Mais au moins fais-moi le plaisir de me déchirer tous ces cahiers et de me jeter ces livres par la fenêtre, comme j'ai fait moi-même ce matin ; car, en vérité, il n'y a pas moyen de s'amuser de bon cœur ici : cela sent trop l'étude, ajouta-t-il en faisant une grimace qui exprimait l'ennui et le dégoût... Allons donc, mets-toi en train... Veux-tu que je commence ? » En disant cela, il renversa par terre tout ce qui était sur la table, et s'emparant d'un beau cahier d'exemples, il se disposait à le mettre en pièces, lorsque Jules l'arrêta et lui dit : « Moque-toi de moi si tu le veux, mais je ne trouve pas que ce que tu fais là soit bien amusant ; et d'ailleurs je désire retrouver tout cela à mon retour.

— Où iras-tu donc ? interrompit Édouard d'un air d'envie.

— A Bressieux, où je trouverai beaucoup de joujoux et où je pourrai aussi faire tout ce que je voudrai, et courir du matin au soir, pourvu que....

— Pourvu que tu marches sur la pointe des pieds dans l'appartement de ton grand-père, n'est-ce pas?... Soit! à cela près je voudrais partir avec toi, car nous en serions quittes pour nous dédommager quand on ne nous verrait pas, et alors nous en ferions, des tours !... J'emporterais ma fronde pour lancer des pierres sans être aperçu ; nous irions ouvrir l'écurie pour faire sauver les jeunes poulains, nous les poursuivrions bien loin avec nos fouets, nous grimperions aux arbres, nous abattrions des noix... Tiens, si tu veux prier ta maman de m'emmener, je t'apprendrai à faire tout ce qui te passera par la tête sans être grondé, puisque tu en as tant peur !...

— Non, monsieur, dit madame de Bressieux en entrant. Jules n'a pas aussi peur d'être grondé que vous le croyez, car il ne l'est presque jamais, parce qu'il craint de faire de la peine à sa mère et à toutes les personnes qui ont des bontés pour lui : en cela il prouve

qu'il a un bon cœur, et je suis sûre qu'il ne
dépendrait pas de vous de lui faire commettre
une mauvaise action ; cependant je ne veux
pas supporter plus longtemps qu'il écoute des
conseils tels que ceux que vous venez de lui
donner, et je vais me hâter de vous faire
reconduire chez vous. Je suis fâchée, monsieur, d'être obligée d'en venir à cette extré-
mité, car j'aurais désiré obliger votre maman,
qui m'avait priée de me charger de vous pour
un mois ; mais vous pensez bien qu'après la
conversation que je viens d'entendre je ne
puis lui rendre ce service. »

Édouard fut bien honteux d'avoir été sur-
pris par la mère de Jules, qu'il craignait
beaucoup malgré ses petits airs de fanfaron,
car c'était une dame très-bonne pour les
enfants, mais qui ne souffrait jamais qu'ils
fissent quelque chose d'injuste ou de dérai-
sonnable.

Il voulut balbutier quelques excuses, et pria

Jules d'intercéder en sa faveur... Tout fut inu-
tile; madame de Bressieux le prit par la main,
appela le domestique qui devait le reconduire, et lui dit en le quittant : « Quand vous
serez corrigé, monsieur, je verrai si je dois
avoir assez de confiance en vous pour vous
emmener à Bressieux avec mon fils, et alors
vous apprendrez qu'on peut s'y amuser beaucoup sans être obligé de mentir et de se ca-
cher. »

Comme Édouard était déjà devenu un méchant enfant, il ne profita pas de la juste leçon
qu'il recevait et se contenta de murmurer tout
bas : « Oh! si j'avais su qu'on nous écoutait,
j'aurais mieux fermé la porte. »

Le petit malheureux ne pensait pas que
Dieu nous voit toujours, et que les portes les
mieux fermées, les précautions les plus gran-
des, ne peuvent nous dérober à ses regards,
que tôt ou tard il punit les menteurs.

C'est ce qui arriva à notre petit désobéissant : ayant enfin obtenu d'aller passer quelques jours à la campagne, il en profita pour contenter toutes ses fantaisies, et se noya en voulant se baigner dans un étang dont on lui avait défendu d'approcher.

Cet exemple fit beaucoup d'impression sur tous les enfants du voisinage, et chaque fois qu'ils passaient par là, ils se montraient de loin l'endroit où Édouard avait disparu sous les eaux, et se disaient les uns aux autres : «Il arrive toujours quelque malheur à ceux qui désobéissent. »

Revenons à notre petit Jules, que nous avons laissé rangeant bien soigneusement tous ses objets de travail, ainsi que sa bonne mère le lui avait recommandé.

III

LE VOYAGE.

Le lendemain, à six heures du matin, Jules montait en diligence avec sa mère, qui avait pris place dans le coupé, afin qu'il pût mieux voir tout ce qui se passait aux environs.

La matinée était calme et fraîche et promettait une journée superbe : un vent doux et léger se jouait dans la blonde chevelure de notre petit ami, qui ne se lassait pas de regarder dans la campagne et faisait remarquer à sa mère tout ce qui attirait son attention.

C'était le berger avec ses moutons, le voyageur qui passait à cheval, les moissonneurs
qui liaient les gerbes de blés.... « Oh ! maman,
regarde donc tous ces enfants qui ramassent
des épis ; est-ce qu'on les leur donne pour
jouer ?

— Non, mon ami, ce sont des petits gla-
neurs, qui, n'étant pas encore assez grands
pour travailler comme les autres, ont la permission de ramasser pour leur nourriture ce
que les moissonneurs laissent tomber, et ils
le portent à leurs parents.

— Oh ! oui, comme Ruth à sa mère Noémi.
Je l'ai lu dans l'Histoire Sainte. Il me semble
que j'aimerais mieux glaner que d'apprendre
la grammaire.

— Le travail est toujours pénible, mon
enfant, et celui-là l'est bien davantage que le
tien ; ne vois-tu pas que ces pauvres petits sont
obligés de toujours marcher sans s'arrêter et
sans regarder ce qui se passe autour d'eux ;

et puis vers le milieu du jour, le soleil les brûle, ils ont soif, ils sont fatigués, et je t'assure que quand, après un moment de repos, il faut qu'ils se remettent à l'ouvrage, ils changeraient volontiers d'occupation avec toi. »

Jules, passant tout à coup à autre chose avec la vivacité naturelle à son âge, s'écria : « Maman, je t'en prie, laisse-moi monter sur le cheval qui est à côté du postillon ; je conduirai la diligence avec lui et je ferai bien claquer mon fouet, je t'assure, et puis bon papa sera tout étonné de me voir arriver au grand galop : patapan ! patapan ! » Et le petit bonhomme sautait de joie sur la banquette en attendant la permission qu'il avait demandée à sa mère ; mais elle lui dit : « Cela ne se peut pas, mon enfant, parce que tu es encore trop jeune pour monter à cheval.

— Oh ! quand donc serai-je assez grand, reprit-il avec un peu de chagrin, pour qu'on ne me dise plus : « Un enfant ne peut pas faire cela ? »

— A aucune époque de la vie on ne peut faire tout ce qu'on veut, car ton papa avait le plus grand désir de nous accompagner, et il est obligé de rester à Paris. »

Jules fut un moment pensif, puis il passa ses bras autour du cou de sa mère, et lui dit avec un aimable abandon : « Eh bien ! quand je ne pourrai pas faire ce que je voudrai, je t'embrasserai pour m'en consoler. »

— C'est bien pensé, mon cher enfant, répondit madame de Bressieux en le serrant contre son cœur, et si tu n'étais pas auprès de moi, tu te rappellerais qu'en faisant le sacrifice de ta volonté, tu accomplis celle de Dieu, qui t'a donné ton père et ta mère pour t'aimer et avoir soin de toi.

— Oh ! oui, et puis mon grand-papa, qui est aussi bien bon pour moi.

IV

LE CHATEAU.

Au même instant la voiture s'arrêta à l'en-
trée d'une superbe avenue de peupliers au
bout de laquelle on apercevait le château de
Bressieux. C'était un beau bâtiment carré, entouré de vergers, et en face duquel se trouvait
uu parterre rempli de fleurs de toute espèce.
Le côté opposé donnait sur le village et en face
de l'église, dont le clocher s'élevait à une
grande hauteur au-dessus du château.

Avant d'arriver il fallait traverser un parc

touffu rempli d'allées qui se croisaient en tous sens, et où notre petit voyageur se promettait de courir tout à son aise. Il ne se lassait pas d'admirer cette belle solitude, et écoutait avec un plaisir tout nouveau pour lui le bruit du vent qui agitait les grands arbres et le gazouillement des nombreux oiseaux qui semblaient célébrer son arrivée par leurs joyeux chants.

Les aboiements des chiens ayant averti les gens de la maison, la porte principale s'ouvrit, au grand contentement de Jules ; et M. de Bressieux parut sur le balcon. C'était un beau vieillard dont l'abord inspirait beaucoup de respect : il était grand, se tenait encore très-droit et avait de longs cheveux blancs qui tombaient sur ses épaules.

Quand Jules fut près de lui, il n'osait plus courir se jeter dans ses bras, comme il en avait plusieurs fois formé le projet en route ; mais sa timidité disparut aussitôt que son grand- papa lui eut dit d'un ton très-doux :

« Viens, mon petit ami, viens embrasser ton grand-père qui t'aime de tout son cœur, parce qu'il sait que tu es bien studieux et bien obéissant. Je ne t'en dirai pas davantage ce soir, car tu dois être bien fatigué, mais demain, viens me trouver aussitôt que tu seras éveillé, et tu verras comme je récompense les enfants qui font le bonheur de leurs parents.

V ET VI

LA VOITURE QUI MARCHE PRESQUE SEULE.

Le lendemain, de très-bonne heure, M. de Bressieux envoya chercher son petit-fils, et je vous laisse à penser quelles furent la surprise et la joie de Jules quand, en entrant dans la chambre de son grand-papa, il vit sur la table de beaux livres magnifiquement reliés en maroquin rouge, bleu, vert, et dorés sur tranche ; ils contenaient de ces jolies histoires, très-instructives, où les enfants peuvent apprendre une foule de choses utiles en s'amusant.

Comme il se disposait à les ouvrir, son grand-papa lui dit : « Garde cela pour tes soirées d'hiver ; voici pour t'égayer pendant ton séjour ici. » Alors il ouvrit un petit cabinet où se trouvait parmi beaucoup d'autres joujoux, une belle voiture à trois roues, et disposée de manière que quand on était monté dedans elle allait presque seule, c'est-à-dire qu'il suffisait pour la mettre en mouvement et la diriger qu'un autre enfant s'appuyât derrière en marchant, et sans qu'il y eût le moindre risque de verser, à moins de commettre de véritables imprudences.

« Oh! mon bon papa, dit Jules, combien je vous remercie ; comme je vais parcourir tout le pays avec cette jolie calèche. Vous avez donc deviné que j'en ai vu une aux Tuileries, et que depuis je dis toujours à maman :

« Que je serais heureux si j'avais une petite voiture comme celle-là ? Permettez-moi d'aller chercher Baptiste afin qu'il pousse la voiture, et puis je l'y ferai monter à son tour. »

— Volontiers, mon ami. »

Alors Jules alla trouver sa maman et lui promit d'étudier chaque jour deux heures, afin de ne pas oublier ce qu'il avait appris et de ne pas perdre l'habitude du travail.

Madame de Bressieux témoigna à son fils combien elle était satisfaite d'une aussi sage résolution, et chaque matin, quand il s'était acquitté de sa promesse, elle lui passait une petite blouse, lui mettait un grand chapeau de paille sur la tête, et le confiait ensuite à

Baptiste, qui était plus âgé que lui, et qui méritait cette marque d'estime.

Alors nos deux amis commençaient leurs joyeuses excursions.

Pendant plusieurs jours Jules ne se lassait pas du plaisir de se promener dans son petit équipage; puis, quand il voyait revenir de pauvres enfants qui portaient une charge bien lourde, il se hâtait de descendre, mettait leur fardeau à sa place et les conduisait ainsi chez eux, bien content d'avoir utilisé le présent de son grand-père pour faire une bonne action.

C'est ici le lieu de dire que Jules était un enfant tellement charitable, que la plus grande punition que sa mère pût lui infliger était de lui sucrer sa tasse de lait le matin, parce qu'il avait contracté l'habitude de réserver le morceau de sucre qu'on lui donnait pour les pauvres malades qui ne pouvaient en acheter.

VII

LE PÈRE PHILIPPE.

Un jour que Baptiste et Jules s'étaient laissé entraîner par le plaisir de voyager, ils se trouvèrent assez loin du château lorsque vint la chute du jour, et ils se disposaient à retourner en toute hâte, quand ils entendirent des plaintes qui semblaient sortir du fossé qui les séparait de la grande route. »

Le premier mouvement de Jules fut de dire à Baptiste, qui était le cocher dans ce moment-là : « Pousse vite, j'ai peur. » Baptiste répondit : « Écoutons, car si c'est quelqu'un qui souffre, il faut aller à son secours.

— C'est vrai, dit Jules en tremblant encore un peu néanmoins. Au même instant ils virent bien distinctement un homme qui se soulevait péniblement et qui leur dit : « Ne craignez rien, mes petits amis; je ne vous ferai pas de mal. Indiquez-moi, je vous prie, la route du village le plus voisin, car j'ai marché toute la journée sans manger ; je n'ai plus la force de me soutenir, et pour comble de malheur je me suis écorché le pied, parce que mes souliers sont tout déchirés. »

Alors Jules ne songea plus à sa peur, et il s'approcha du pauvre homme, qui paraissait exténué de fatigue, et dont le pied saignait beaucoup. Notre bon petit enfant tira son mouchoir de sa poche pour panser la plaie ; puis, aidé de Baptiste, ils placèrent le blessé dans la voiture, et se mirent en devoir de le conduire au château, où les malheureux étaient toujours bien accueillis.

Chemin faisant, il leur raconta que sa maison avait été brûlée, avec tout ce qu'il possédait, dans un incendie qui avait consumé presque tout son village ; qu'il allait rejoindre sa fille à Paris, et que n'ayant plus d'argent, il était obligé de demander l'aumône pendant sa route ; « et malheureusement, ajouta-il, on ne rencontre pas toujours de bon cœurs comme les vôtres. »

Jules était tout fier et tout content en approchant du château, et en entrant dans l'avenue il faisait claquer son fouet comme un véritable postillon.

Les domestiques l'aimaient beaucoup parce qu'il était doux et poli avec tout le monde, et comme ils se doutèrent bien que c'était lui, pour lui faire plaisir, ils ouvrirent la porte cochère avec autant de cérémonie que s'il se fût agi de laisser entrer une berline.

Mais leur étonnement fut grand quand ils s'aperçurent, malgré l'obscurité, que les deux

enfants n'étaient pas seuls, et qu'ils entendirent Jules s'écrier tout essoufflé : « Où est
maman? où est maman ? » Et il se précipita
dans la maison pour raconter son aventure à sa
mère et l'intéresser en faveur de son protégé.

On alla chercher des flambeaux, et lorsque
le visage du brave homme fut éclairé, tout le
monde fit en même temps cette exclamation :

— Le père Philippe ! le père Philippe ! »

C'était en effet le père de la nourrice de Jules,
qui était venu quelquefois à Paris voir sa fille
pendant qu'elle demeurait chez madame de
Bressieux.

Le brave homme oubliait sa fatigue et sa
faim en se voyant ainsi entouré, et remerciait
la Providence de l'avoir conduit comme par la
main dans un endroit dont il se croyait bien
éloigné, car ni sa fille ni lui n'étaient jamais
venus à Bressieux.

Jules, de son côté, pleurait de joie en
pensant qu'il était arrivé si à propos pour

secourir le père de sa bonne Fanchette ; il se faisait une grande fête de lui raconter cette aventure à son retour, et il eut bien soin que rien ne manquât au père Philippe.

VIII

LES ADIEUX.

Nos deux amis étaient devenus inséparables, et Jules partageait souvent les travaux de Baptiste pour ne pas lui causer trop de dérangement.

C'était plaisir de les voir aider les moissonneurs, leur porter leur repas et ramener le soir une petite charrette pleine de fourrage pour les bestiaux de la ferme.

4

Ils conduisaient le cheval tour à tour : mais quand c'était celui de Jules , le petit fermier avait soin de tenir la bride, afin d'éviter une fâcheuse culbute dans le premier fossé qu'on aurait rencontré.

Cette précaution taquinait son petit camarade, qui aurait bien voulu pouvoir se vanter de son adresse en entrant au château. Mais son ami le consolait en lui disant : « Tu n'es pas habitué aux travaux de la campagne, et d'ailleurs j'ai deux ans plus que toi ; sans cela tu t'en tirerais aussi bien que je puis le faire. Est-ce que je me fâche quand tu me tiens la main pour écrire et quand tu ris de mon griffonnage ? »

— Tu as raison, disait Jules, et tu devrais venir à Paris avec moi pour que nous pussions prendre nos leçons ensemble.

— Je le voudrais bien, car j'ai le plus grand désir de m'instruire ; mais je ne

quitterai jamais mon père ni ma mère, qui
vont avoir besoin de moi quand je serai
grand.

Cependant la fin des vacances arriva,
il fallut songer à quitter Bressieux et
dire adieu à tous les amusements qui
avaient fait passer le temps avec rapi-
dité.

Ce fut d'abord un grand chagrin pour
Jules, mais il était adouci par la pensée qu'il
allait retrouver son père et qu'on ne peut
jouir de tous les biens à la fois ; d'ailleurs sa mère, en lui accordant tout ce
qui pouvait lui faire plaisir, l'avait égale-
ment habitué à savoir prendre son parti
lorsque l'heure de la privation était arrivée.

Le jour de son départ, il alla faire ses
adieux à tous les bons villageois, et leur
dit qu'il n'oublierait jamais les marques d'a-
mitié dont on l'avait comblé, et qu'il tâche-

rait de bien s'appliquer pour revenir parmi eux à pareille époque.

« Que Dieu vous protége, mon bon petit monsieur! lui disait-on de toutes parts. Nous aurons beaucoup de plaisir à vous revoir, et nous désirons bien que quand vous serez grand vous puissiez rester tout à fait avec nous. »

Ces vœux si sincères étaient une douce récompense de la bonne conduite de Jules pendant son séjour dans ce pays; et certainement, s'il avait suivi les conseils de son méchant voisin Edouard, chacun se serait réjoui de son départ et aurait vivement souhaité de ne jamais le revoir.

Quand il rentra au château et qu'il aperçut tout le monde rassemblé autour de la voiture, son cœur se serra et il se sentit prêt à pleurer; mais il fit un effort sur lui-même, et s'étant mis à genoux devant son grand-père, il lui demanda sa bénédiction; tous

les domestiques se découvrirent respectueu-
sement la tête, et M. de Bressieux prononça
ces mots à haute voix :

« Que Dieu te bénisse, mon fils; qu'il
daigne protéger ton enfance et te préserver
du malheur de commettre jamais volontai-
rement une seule faute grave! Puisses-tu
conserver l'heureuse habitude d'aimer à secourir tes semblables, et te souvenir qu'il
faut même, autant qu'on le peut, rendre
le bien pour le mal! Tu en trouveras un
exemple dans un des livres que je t'ai
donnés. Adieu, mon fils, retourne avec
tes bons parents, et tu viendras me revoir chaque année, aussi longtemps qu'il
plaira à Dieu de me laisser sur la terre. »

— Oh ! bien longtemps, bien longtemps
encore ! s'écrièrent à la fois madame de
Bressieux et son fils.

— Oui ! oui ! bien longtemps encore
pour notre bonheur à tous ! » répétèrent

ceux qui étaient présents à cette scène tou-
chante.

Au moment où Jules montait en voiture, Baptiste se jeta encore une fois dans
ses bras, et les deux amis se tinrent étroi-
tement embrassés pendant quelques ins-
tants, et se promirent de nouveau de ne
jamais s'oublier.

Jules fut fidèle à sa parole, et il ne man-
qua pas une seule occasion de donner une
marque de souvenir au bon petit fermier,
qui en fit autant de son côté.

Lorsqu'il fut de retour à Paris, il se hâta
de rassurer la bonne Fanchette sur le sort
de son père; puis il se remit à l'étude avec
plaisir, parce qu'il savait bien que nous ne
sommes pas dans ce monde pour nous
amuser constamment.

Quand venaient les heures de récréa-
tion et que le temps ne lui permettait pas
de se servir de sa jolie voiture, il racon-

tait à son papa tout ce qui lui était arrivé à Bressieux, et lisait à sa mère les histoires dont son grand papa lui avait fait
cadeau.

Voici celle qu'il lui avait recommandée en
lui donnant sa bénédiction.

IX ET X

LA VENGEANCE DE L'HONNÊTE HOMME.

Le vieux pêcheur Semnon, à demi en-
gourdi par le froid, revenait de la forêt,
chargé d'un fardeau de bois sec. Il suivait
en chancelant le sentier couvert de neige
qui passait devant la maison du chasseur
Ithamar, et se disposait à traverser le fleuve
sur un pont qui était en face de sa chaumière.

« Arrête, vieillard ! lui cria le chasseur d'un ton farouche. Où as-tu volé ce bois? »

Semnon effrayé bégaya : « Chasseur, je ne l'ai pas volé. »

ITHAMAR. — Ne me mens pas, vieillard ! J'ai abattu ce bois hier, il était par terre là-bas, dans la forêt où tu l'as pris ! Allons, rends-le.

SEMNON. — Chasseur ! je l'ai ramassé brin à brin... Voyez plutôt : ce ne sont que des petites branches sèches que j'ai trouvées éparpillées dans la neige.

ITHAMAR. — Tu les as volées, te dis-je; et je n'ai que faire de tes mensonges.

Au même instant il arracha le fardeau au vieillard et le jeta dans l'eau, où il disparut sous les glaçons. « Voilà la dispute terminée, » dit-il d'un air moqueur, et il rentra dans sa maison.

Semnon le regarda tristement et s'éloigna les yeux pleins de larmes.

Quelques jours après, l'air devient plus chaud, la débâcle arrive, et des masses énormes se précipitent avec furie contre les arches du pont et l'ébranlent fortement.

Le fils d'Ithamar veut au même instant le traverser, mais il s'arrête irrésolu.

Semnon lui crie de ne point s'exposer à une mort presque certaine.

Ithamar le voit : « Passe vite, lui crie-t-il, n'écoute pas ce vieux radoteur. »

Le jeune homme s'avance... La glace frappe coup sur coup sur le pont, qui reçoit une violente secousse, s'écroule et entraîne dans sa chute le fils du chasseur, qui se débat en vain contre le courant.

Ithamar désespéré s'approche du rivage en frappant du pied et en se tordant les mains, car pouvait-il croire que le pêcheur qu'il avait outragé songeât à sauver son malheureux enfant ?

Mais Semnon, s'élançant courageusement

dans sa nacelle, et luttant contre les glaçons et les débris du pont, parvient à arracher le jeune homme au torrent et le porte à son père.

« Je te rends ton fils, dit-il d'une voix douce ; vois, il est sain et sauf, seulement un peu saisi. »

Ithamar n'osait lever les yeux, et il resta longtemps muet et confus.

Pardonne-moi, bon vieillard, dit-il enfin en répandant d'abondantes larmes ; pardonne-moi ma conduite cruelle.

— Que veux-tu que je te pardonne ? répondit Semnon d'un air affectueux ; ne suis-je pas assez vengé ?

— O mon Dieu ! reprit Ithamar, c'est donc ainsi que se venge l'honnête homme ? »

St-Denis. — Typ. de A. Moulin.

BIBLIOTHÈQUE DE L'ENFANCE

FORMAT IN-18.

Douze volumes dans la collection, ornés d'un grand nombre de gravures.

— PRIX —

Broché. . . . . » 55
Cartonné, avec une jolie couverture eu chromo-litho-
graphie (figures noires). . . . . » 90
Même cartonnage figures coloriées 1 10

Buffon (petit) **des enfants**, ou Extrait d'histoire naturelle des quadrupèdes, des reptiles, des poissons, des oiseaux, 3ᵉ édition.

Causeries d'enfants, suivies de petites historiettes, par madame WETZELL (Imprimé en gros caractères).

Contes des fées, par CH. PERRAULT, nouvelle édition augmentée de la Petite Souris blanche.

Fables de Fénelon.

Fables de Florian, annotées par Adolphe RENÉ, nouvelle édition suivie des poëmes de Ruth et Tobie.

Fêtes de la Pension, ou dialogues en forme de petites pièces à l'usage des jeunes filles, par madame Virginie RAGGI, institutrice.

Nouveaux Contes, dédiés à l'enfance par madame de NOUVRAY, nouvelle édition revue par madame Wetzell. (Imprimé en gros caractères.)

Nouvelles historiettes, ou suite de causeries d'enfant, par madame WETZELL.

Petits Enfants (les), premières lectures, par madame WETZELL. (Imprimé en gros caractères).

Petite famille (la), secondes lectures, par madame WETZELL.

Premier livre des petits enfants, ou petites leçons de lectures très-faciles, suivies de petites histoires intéressantes pour le premier âge. (Imprimé en gros caractères.)

Récréations du jeune âge, ou historiettes instructives et morales, par BERQUIN.

Robinson du jeune âge, ou Robinson Crusoé arrangé pour les enfants, par madame de NOUVRAY.

BIBLIOTHÈQUE DE L'ENFANCE

FORMAT IN-12.

Chaque volume est orné de douze belles gravures.

— PRIX —

Broché.	1	50
Cartonné, avec une jolie couverture en chromo-lithogra-		
phie (les figures noires).	2	»
Le même cartonnage, avec les figures coloriées. . .	3	50

Contes des Fées, par CH. PERRAULT, nouvelle édition augmentée de nouveaux contes.

Buffon pittoresque de la Jeunesse, ou tableaux instructifs et amusants de l'histoire des animaux contenant la description des mœurs et habitudes des mammifères, oiseaux, poissons et reptiles.

Histoires d'un grand-papa, racontées à ses petits-fils, par madame de GAULLE.

Histoire d'une grand'maman, à ses petites-filles, par madame de GAULLE.

Le Robinson Américain, ou trois ans dans les forêts de l'Amérique du Nord, par Mlle Emma Faucon.

Récits et nouvelles pour l'enfance, par madame de GAULLE.

(Cette collection sera continuée.)

Contes à ma petite fille, et à mon petit garçon par madame de RENNEVILLE, nouvelle édition augmentée du Prince Adolphe, par madame Woillez, un volume in-12 orné de douze figures sur acier.

Broché.	1	10
Cartonné, avec couverture en chromo, figures noires.	1	50
Même cartonnage, figures coloriées.	2	»

Contes à mes petits élèves, par madame WELZELL, in-12 orné de douze figures sur acier.

Le même prix et mêmes reliures que les Contes à ma fille.